好壯壯牙醫

明洞髮廊

豪華飯店

翻滾漫畫店

旺旺動物醫院

小心階梯

南島

我想特別告訴閱讀本書的人，假如你遇到冒冷汗的長輩，請安慰他說：「我也這樣過」。

我想把這本書傳達給我女兒——秀雅，她曾用舌頭舔了舔缺牙的空位，也陪伴了我心裡的空虛。

這本書是我的第二本繪本，第一本是《我幫你弄乾》。

去看牙
치과 가는 길

作　　　　者	南島	
繪　　　　者	陳靜宜	
美 術 設 計	陳姿秀	
行 銷 企 劃	劉旂佑	
行 銷 統 籌	駱漢琦	
業 務 發 行	邱紹溢	
營 運 顧 問	郭其彬	
童書顧問	張文婷	
副 總 編 輯	賴靜儀／第三編輯室	
出　　　　版	小漫遊文化／漫遊者文化事業股份有限公司	
地　　　　址	台北市 103 大同區重慶北路二段 88 號 2 樓之 6	
電　　　　話	(02)2715-2022	
傳　　　　真	(02)2715-2021	
服 務 信 箱	runningkids@azothbooks.com	
網 路 書 店	www.azothbooks.com	
臉　　　　書	www.facebook.com/azothbooks.read	
服 務 平 台	大雁出版基地	
地　　　　址	新北市 231 新店區北新路三段 207-3 號 5 樓	
電　　　　話	(02)8913-1005	
傳　　　　真	(02)8913-1056	
劃 撥 帳 號	50022001	
戶　　　　名	漫遊者文化事業股份有限公司	
書 店 經 銷	聯寶國際文化事業有限公司	
電　　　　話	(02)2695-4083	
傳　　　　真	(02)2695-4087	
初 版 1 刷	2024 年 5 月	
定　　　　價	台幣 360 元	

ISBN　978-626-98355-9-1
有著作權·侵害必究

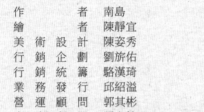
漫遊，是關於未知的想像，嘗試冒險的樂趣，和一種自由的開放心靈。
www.facebook.com/runningkidsbooks
小漫遊　ƒ 小漫遊文化

大人的素養課，通往自由學習之路
www.ontheroad.today
遍路文化 on the road　ƒ 遍路文化・線上課程

國家圖書館出版品預行編目 (CIP) 資料

去看牙 / 南島圖．文；陳靜宜翻譯 .--
初版 .-- 臺北市：小漫遊文化，漫遊
者文化事業股份有限公司，2024.05
40 面；21×29　公分
譯自：치과 가는 길
ISBN 978-626-98355-9-1(精裝)

1.SHTB: 健康行動 --3-6 歲幼兒讀物
862.599　　　　　　　　113004651

◎本書如有缺頁、破損、裝訂錯誤，請寄回本公司更換。

去看牙

南島⊙文圖
陳靜宜⊙翻譯

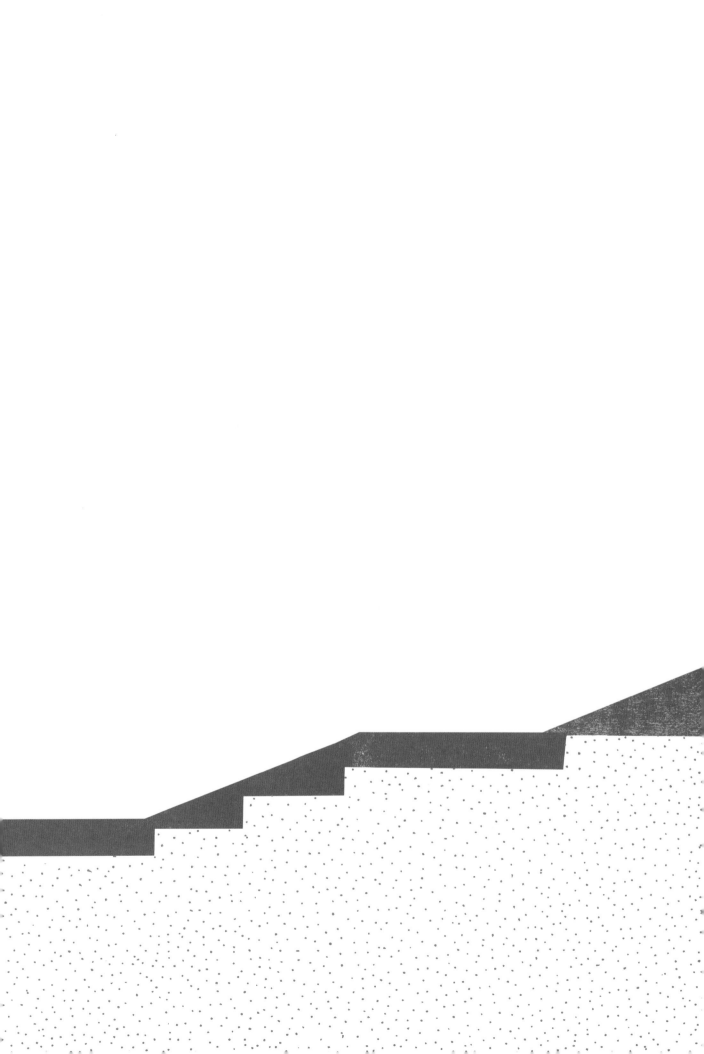

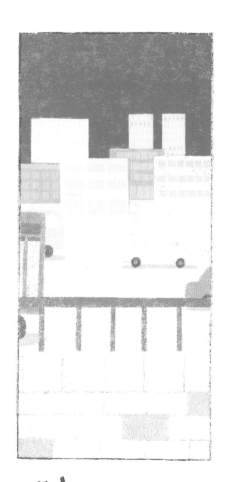

好可愛唷！

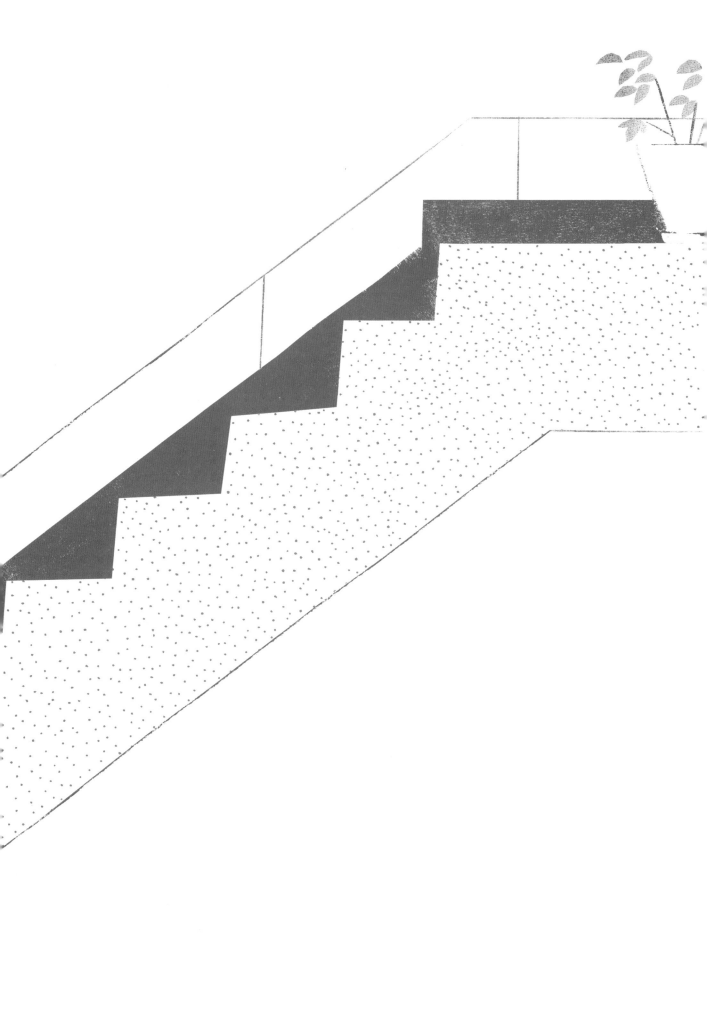

2F

哇～！

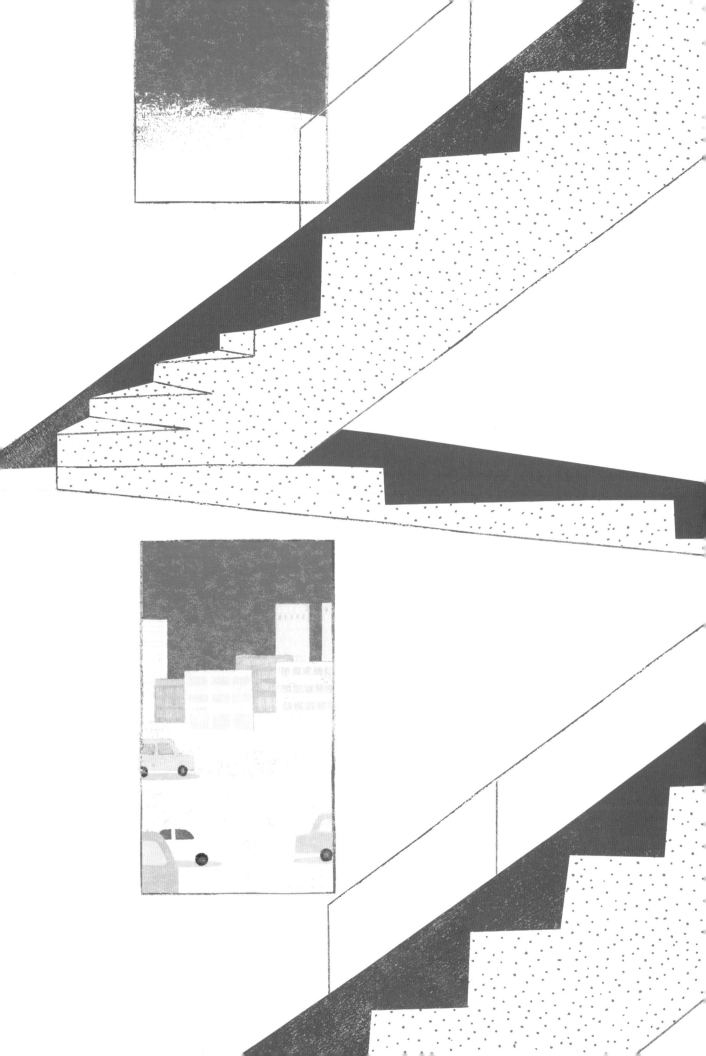

好想吃！

美容院

明洞髮廊

4F

男性剪髮
基本款
中分
寸頭
造型剪髮

呃……

明洞髮廊

中華
料理 豪華飯店 大眾
飲食

不能上樓。

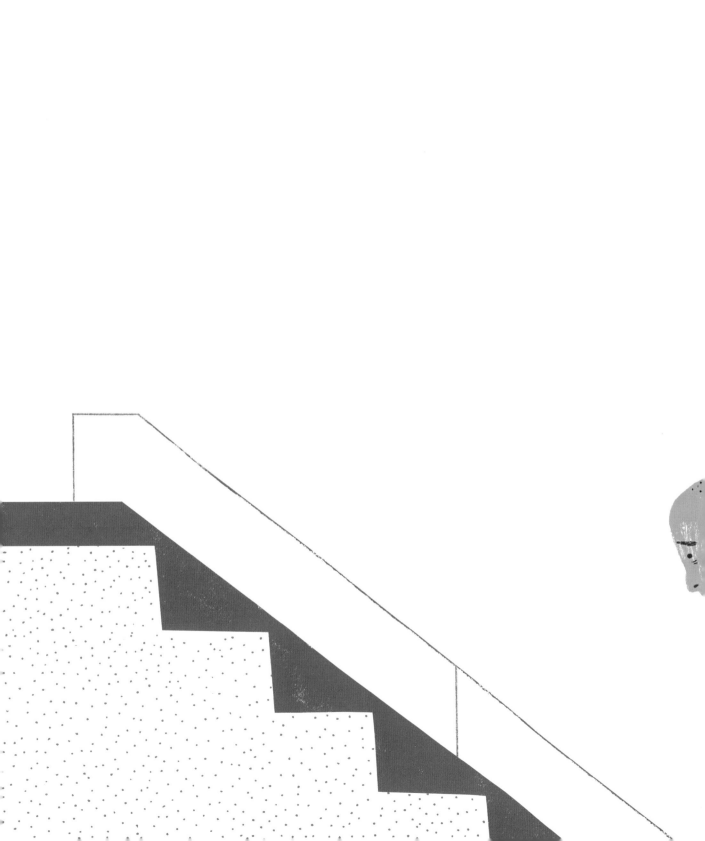

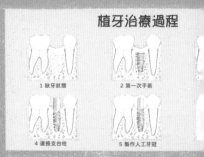

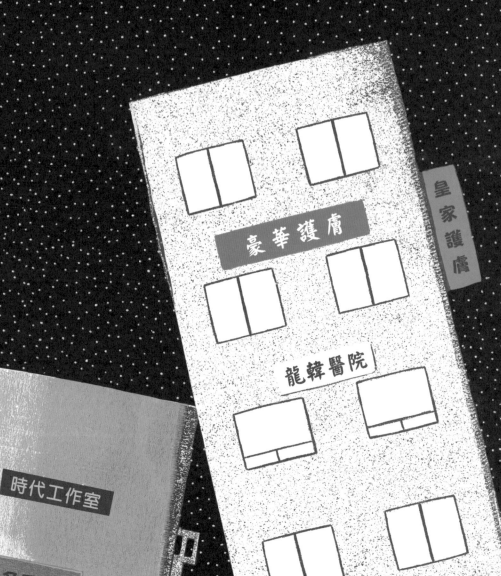

今天爸爸和我拔了牙齒。

好壯壯牙醫

啵！

明洞髮廊

中華料理 豪華飯店 大眾飲食

翻滾漫畫店

旺旺動物醫院

金內科醫院

+ ✚

02) 777-7077

+ 廣場藥局 金內科

藥 藥

爸爸，很痛嗎？

……不會啊，一點都不痛。

好壯壯牙醫

現在回家！

明洞髮廊

中華料理 豪華飯店 大眾飲食
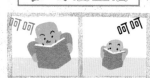

翻滾漫畫店

旺旺動物醫院
小狗狗！ 下次再來看你

我們會一起長出新牙齒！

植牙診所